Clepsidra

Camilo Pessanha

Equipe DCL – Difusão Cultural do Livro

DIRETOR EDITORIAL: Raul Maia

Equipe Eureka Soluções Pedagógicas

REVISÃO DE TEXTOS: Joana Carda Soluções Editoriais

Texto em conformidade com as novas regras ortográficas do Acordo da Língua Portuguesa

Dados Internacionais de Catalogação na Publicação (CIP)
(Câmara Brasileira do Livro, SP, Brasil)

Pessanha, Camilo, 1867-1926.
Clepsidra / Camilo Pessanha. -- São Paulo :
DCL, 2013. -- (Clássicos literários)

ISBN 978-85-368-1637-1

1. Poesia portuguesa I. Título. II. Série.

13-01030 CDD-869.1

Índices para catálogo sistemático:

1. Poesia : Literatura portuguesa 869.1

Impresso na Índia

Editora DCL – Difusão Cultural do Livro
(11) 3932-5222
www.editoradcl.com.br

Sumário

1

Inscrição

Eu vi a luz em um país perdido.
A minha alma é lânguida e inerme.
Oh! Quem pudesse deslizar sem ruído!
No chão sumir-se, como faz um verme...

2

Caminho

I

Tenho sonhos cruéis; n'alma doente
Sinto um vago receio prematuro.
Vou a medo na aresta do futuro,
Embebido em saudades do presente...

Saudades desta dor que em vão procuro
Do peito afugentar bem rudemente,
Devendo, ao desmaiar sobre o poente,
Cobrir-me o coração dum véu escuro!...

Porque a dor, esta falta d'harmonia,
Toda a luz desgrenhada que alumia
As almas doidamente, o céu d'agora,

Sem ela o coração é quase nada:
Um sol onde expirasse a madrugada,
Porque é só madrugada quando chora.

II

Encontraste-me um dia no caminho
Em procura de quê, nem eu o sei.
– Bom dia, companheiro, te saudei,
Que a jornada é maior indo sozinho

É longe, é muito longe, há muito espinho!
Paraste a repousar, eu descansei...
Na venda em que poisaste, onde poisei,
Bebemos cada um do mesmo vinho.

É no monte escabroso, solitário.
Corta os pés como a rocha dum calvário,
E queima como a areia!... Foi no entanto

Que choramos a dor de cada um...
E o vinho em que choraste era comum:
Tivemos que beber do mesmo pranto.

III

Fez-nos bem, muito bem, esta demora:
Enrijou a coragem fatigada...
Eis os nossos bordões da caminhada,
Vai já rompendo o sol: vamos embora.

Este vinho, mais virgem do que a aurora,
Tão virgem não o temos na jornada...
Enchamos as cabaças: pela estrada,
Daqui inda este néctar avigora!...

Cada um por seu lado!... Eu vou sozinho,
Eu quero arrostar só todo o caminho,
Eu posso resistir à grande calma!...

Deixai-me chorar mais e beber mais,
Perseguir doidamente os meus ideais,
E ter fé e sonhar – encher a alma.

3

Estátua

Cansei-me de tentar o teu segredo:
No teu olhar sem cor, – frio escalpelo,
O meu olhar quebrei, a debatê-lo,
Como a onda na crista dum rochedo.

Segredo dessa alma e meu degredo
E minha obsessão! Para bebê-lo
Fui teu lábio oscular, num pesadelo,
Por noites de pavor, cheio de medo.

E o meu ósculo ardente, alucinado,
Esfriou sobre o mármore correto
Desse entreaberto lábio gelado...

Desse lábio de mármore, discreto,
Severo como um túmulo fechado,
Sereno como um pélago quieto.

4

Paisagens de inverno

I

Ó meu coração, torna para trás.
Onde vais a correr, desatinado?
Meus olhos incendidos que o pecado
Queimou! – o sol! Volvei, noites de paz.

Vergam da neve os olmos dos caminhos.
A cinza arrefeceu sobre o brasido.
Noites da serra, o casebre transido...
Ó meus olhos, cismai como os velhinhos.

Extintas primaveras evocai-as:
– Já vai florir o pomar das maceiras.
Hemos de enfeitar os chapéus de maias.

Sossegai, esfriai, olhos febris.
– E hemos de ir cantar nas derradeiras
Ladainhas...Doces vozes senis...

II

Passou o outono já, já torna o frio...
– Outono de seu riso magoado.
Álgido inverno! Oblíquo o sol, gelado...
– O sol, e as águas límpidas do rio.

Águas claras do rio! Águas do rio,
Fugindo sob o meu olhar cansado,
Para onde me levais meu vão cuidado?
Aonde vais, meu coração vazio?

Ficai, cabelos dela, flutuando,
E, debaixo das águas fugidias,

Os seus olhos abertos e cismando...
Onde ides a correr, melancolias?
– E, refratadas, longamente ondeando,
As suas mãos translúcidas e frias...

5

San Gabriel

I

Inútil! Calmaria. Já colheram
As velas. As bandeiras sossegaram,
Que tão altas nos topes tremularam,
– Gaivotas que a voar desfaleceram.

Pararam de remar! Emudeceram!
(Velhos ritmos que as ondas embalaram)
Que cilada que os ventos nos armaram!
A que foi que tão longe nos trouxeram?

San Gabriel, arcanjo tutelar,
Vem outra vez abençoar o mar,
Vem-nos guiar sobre a planície azul.

Vem-nos levar à conquista final
Da luz, do Bem, doce clarão irreal.
Olhai! Parece o Cruzeiro do Sul!

II

Vem conduzir as naus, as caravelas,
Outra vez, pela noite, na ardentia,
Avivada das quilhas. Dir-se-ia
Irmos arando em um montão de estrelas.

Outra vez vamos! Côncavas as velas,

Cuja brancura, rútila de dia,
O luar dulcifica. Feeria
Do luar não mais deixes de envolvê-las!

Vem guiar-nos, Arcanjo, à nebulosa
Que do além mar vapora, luminosa,
E à noite lactescendo, onde, quietas,

Fulgem as velhas almas namoradas...
– Almas tristes, severas, resignadas,
De guerreiros, de santos, de poetas.

6

Tatuagens complicadas do meu peito:
Troféus, emblemas, dois leões alados...
Mais, entre corações engrinaldados,
Um enorme, soberbo, amor-perfeito...

E o meu brasão... Tem de oiro, num quartel
Vermelho, um lis; tem no outro uma donzela,
Em campo azul, de prata o corpo, aquela
Que é no meu braço como que um broquel.

Timbre: rompante, a megalomania...
Divisa: um ai, – que insiste noite e dia
Lembrando ruínas, sepulturas rasas...

Entre castelos serpes batalhantes,
E águias de negro, desfraldando as asas,
Que realça de oiro um colar de besantes!

7

Madalena

...e lhe regou de lágrimas os pés e os enxugou com os cabelos da sua cabeça.

Evangelho de S. Lucas.

Ó Madalena, ó cabelos de rastos,
Lírio poluído, branca flor inútil...
Meu coração, velha moeda fútil,
E sem relevo, os caracteres gastos,

De resignar-se torpemente dúctil...
Desespero, nudez de seios castos,
Quem também fosse, ó cabelos de rastos,
Ensanguentado, enxovalhado, inútil,

Dentro do peito, abominável cômico!
Morrer tranquilo, – o fastio da cama...
Ó redenção do mármore anatômico,

Amargura, nudez de seios castos!...
Sangrar, poluir-se, ir de rastos na lama,
Ó Madalena, ó cabelos de rastos!

8

Fonógrafo

Vai declamando um cômico defunto.
Uma platéia ri, perdidamente,
Do bom jarreta... E há um odor no ambiente.
A cripta e a pó, – do anacrônico assunto.

Muda o registo, eis uma barcarola:
Lírios, lírios, águas do rio, a lua...
Ante o Seu corpo o sonho meu flutua
Sobre um paul, – extática corola.

Muda outra vez: gorjeios, estribilhos
Dum clarim de oiro – o cheiro de junquilhos,
Vívido e agro! – tocando a alvorada...

Cessou. E, amorosa, a alma das cornetas
Quebrou-se agora orvalhada e velada.
Primavera. Manhã. Que eflúvio de violetas!

9

Desce em folhedos tenros a colina:
– Em glaucos, frouxos tons adormecidos,
Que saram, frescos, meus olhos ardidos,
Nos quais a chama do furor declina...

Oh vem, de branco, – do imo da folhagem!
Os ramos, leve, a tua mão aparte.
Oh vem! Meus olhos querem desposar-te,
Refletir virgem a serena imagem.

De silva doida uma haste esquiva.
Quão delicada te osculou num dedo
Com um aljôfar cor de rosa viva!...

Ligeira a saia... Doce brisa impele-a...
Oh vem! De branco! Do imo do arvoredo!
Alma de silfo, carne de camélia...

10

Esbelta surge! Vem das águas, nua,
Timonando uma concha alvinitente!
Os rins flexíveis e o seio fremente...
Morre-me a boca por beijar a tua.

Sem vil pudor! Do que há que ter vergonha?
Eis-me formoso, moço e casto, forte.
Tão branco o peito! – para o expor à Morte...
Mas que ora – a infame! – não se te anteponha.

A hidra torpe!... Que a estrangulo! Esmago-a
De encontro à rocha onde a cabeça te há de,
Com os cabelos escorrendo água,

Ir inclinar-se, desmaiar de amor,
Sob o fervor da minha virgindade
E o meu pulso de jovem gladiador.

11

Vênus

I

À flor da vaga, o seu cabelo verde,
Que o torvelinho enreda e desenreda...
O cheiro a carne que nos embebeda!
Em que desvios a razão se perde!

Pútrido o ventre, azul e aglutinoso,
Que a onda, crassa, num balanço alaga,
E reflui (um olfato que se embriaga)
Como em um sorvo, murmura de gozo.

O seu esboço, na marinha turva...
De pé flutua, levemente curva;
Ficam-lhe os pés atrás, como voando...

E as ondas lutam, como feras mugem,
A lia em que a desfazem disputando,
E arrastando-a na areia, co'a salsugem.

II

Singra o navio. Sob a água clara
Vê-se o fundo do mar, de areia fina...
– Impecável figura peregrina,
A distância sem fim que nos separa!

Seixinhos da mais alva porcelana,
Conchinhas tenuemente cor de rosa,
Na fria transparência luminosa
Repousam, fundos, sob a água plana.

E a vista sonda, reconstrui, compara,
Tantos naufrágios, perdições, destroços!
– Ó fúlgida visão, linda mentira!

Róseas unhinhas que a maré partira...
Dentinhos que o vaivém desengastara...
Conchas, pedrinhas, pedacinhos de ossos...

12

Depois da luta e depois da conquista
Fiquei só! Fora um ato antipático!
Deserta a Ilha, e no lençol aquático
Tudo verde, verde, – a perder de vista.

Porque vos fostes, minhas caravelas,
Carregadas de todo o meu tesoiro?
– Longas teias de luar de lhama de oiro,
Legendas a diamantes das estrelas!

Quem vos desfez, formas inconsistentes,
Por cujo amor escalei a muralha,
– Leão armado, uma espada nos dentes?

Felizes vós, ó mortos da batalha!
Sonhais, de costas, nos olhos abertos
Refletindo as estrelas, boquiabertos...

13

Olvido

Desce por fim sobre o meu coração
O olvido. Irrevocável. Absoluto.
Envolve-o grave como véu de luto.
Podes, corpo, ir dormir no teu caixão.

A fronte já sem rugas, distendidas
As feições, na imortal serenidade,
Dorme enfim sem desejo e sem saudade
Das coisas não logradas ou perdidas.

O barro que em quimera modelaste
Quebrou-se-te nas mãos. Viça uma flor...
Pões-lhe o dedo, ei-la murcha sobre a haste...

Ias andar, sempre fugia o chão,
Até que desvairavas, do terror.
Corria-te um suor, de inquietação...

14

Quem poluiu, quem rasgou os meus lençóis de linho,
Onde esperei morrer, – meus tão castos lençóis?
Do meu jardim exíguo os altos girassóis
Quem foi que os arrancou e lançou no caminho?

Quem quebrou (que furor cruel e simiesco!)
A mesa de eu cear, – tábua tosca de pinho?
E me espalhou a lenha? E me entornou o vinho?
– Da minha vinha o vinho acidulado e fresco...

Ó minha pobre mãe!... Não te ergas mais da cova.
Olha a noite, olha o vento. Em ruína a casa nova...
Dos meus ossos o lume a extinguir-se breve.

Não venhas mais ao lar. Não vagabundes mais,
Alma da minha mãe... Não andes mais à neve,
De noite a mendigar às portas dos casais.

15

Floriram por engano as rosas bravas
No inverno: veio o vento desfolhá-las...
Em que cismas, meu bem? Porque me calas
As vozes com que há pouco me enganavas?

Castelos doidos! Tão cedo caístes!...
Onde vamos, alheio o pensamento,
De mãos dadas? Teus olhos, que um momento
Perscrutaram nos meus, como vão tristes!

E sobre nós cai nupcial a neve,
Surda, em triunfo, pétalas, de leve
Juncando o chão, na acrópole de gelos...

Em redor do teu vulto é como um véu!
Quem as esparze – quanta flor! – do céu,
Sobre nós dois, sobre os nossos cabelos?

16

No claustro de celas

Eis quanto resta do idílio acabado,
– Primavera que durou um momento...
Como vão longe as manhãs do convento!
– Do alegre conventinho abandonado...

Tudo acabou... Anêmonas, hidrângeas,
Silindras, – flores tão nossas amigas!
No claustro agora viçam as ortigas,
Rojam-se cobras pelas velhas lájeas.

Sobre a inscrição do teu nome delido!
– Que os meus olhos mal podem soletrar,
Cansados... E o aroma fenecido

Que se evola do teu nome vulgar!
Enobreceu-o a quietação do olvido,
Ó doce, ingênua, inscrição tumular.

17

Foi um dia de inúteis agonias.
Dia de sol, inundado de sol!...
Fulgiam nuas as espadas frias...
Dia de sol, inundado de sol!...

Foi um dia de falsas alegrias.
Dália a esfolhar-se, – o seu mole sorriso...
Voltavam ranchos das romarias.
Dália a esfolhar-se, – o seu mole sorriso...

Dia impressível mais que os outros dias.
Tão lúcido... Tão pálido... Tão lúcido!...
Difuso de teoremas, de teorias...

O dia fútil mais que os outros dias!
Minuete de discretas ironias...
Tão lúcido... Tão pálido... Tão lúcido!...

18

Quando voltei encontrei os meus passos
Ainda frescos sobre a úmida areia.
A fugitiva hora, reevoquei-a,
– Tão rediviva! nos meus olhos baços...

Olhos turvos de lágrimas contidas.
– Mesquinhos passos, porque doidejastes
Assim transviados, e depois tornastes
Ao ponto das primeiras despedidas?

Onde fostes sem tino, ao vento vário,
Em redor, como as aves num aviário,
Até que a asita fofa lhes faleça...

Toda essa extensa pista – para quê?
Se há de vir apagar-vos a maré,
Com as do novo rasto que começa...

19

Imagens que passais pela retina
Dos meus olhos, porque não vos fixais?
Que passais como a água cristalina
Por uma fonte para nunca mais!...

Ou para o lago escuro onde termina
Vosso curso, silente de juncais,
E o vago medo angustioso domina,
– Porque ides sem mim, não me levais?

Sem vós o que são os meus olhos abertos?
– O espelho inútil, meus olhos pagãos!
Aridez de sucessivos desertos...

Fica sequer, sombra das minhas mãos,
Flexão casual de meus dedos incertos,
– Estranha sombra em movimentos vãos.

20

Lúbrica

Quando a vejo, de tarde, na alameda,
Arrastando com ar de antiga fada,
Pela rama da murta despontada,
A saia transparente de alva seda,

E medito no gozo que promete
A sua boca fresca, pequenina,
E o seio mergulhado em renda fina,
Sob a curva ligeira do corpete;

Pela mente me passa em nuvem densa
Um tropel infinito de desejos:

Quero, às vezes, sorvê-la, em grandes beijos,
Da luxúria febril na chama intensa...

Desejo, num transporte de gigante,
Estreitá-la de rijo entre meus braços,
Até quase esmagar nesses abraços
A sua carne branca e palpitante;

Como, da Ásia nos bosques tropicais
Apertam, em espiral auriluzente,
Os músculos hercúleos da serpente,
Aos troncos das palmeiras colossais.

Mas, depois, quando o peso do cansaço
A sepulta na morna letargia,
Dormitando, repousa, todo o dia,
À sombra da palmeira, o corpo lasso.

Assim, quisera eu, exausto, quando,
No delírio da gula todo absorto,
Me prostasse, embriagado, semimorto,
O vapor do prazer em sono brando;

Entrever, sobre fundo esvaecido,
Dos fantasmas da febre o incerto mar,
Mas sempre sob o azul do seu olhar,
Aspirando o frescor do seu vestido,

Como os ébrios chineses, delirantes,
Respiram, a dormir, o fumo quieto,
Que o seu longo cachimbo predileto
No ambiente espalhava pouco antes...

Se me lembra, porém, que essa doçura,
Efeito da inocência em que anda envolta,
Me foge, como um sonho, ou nuvem solta,
Ao ferir-lhe um só beijo a face pura;

Que há de dissipar-se no momento
Em que eu tentar correr para abraçá-la,
Miragem inconstante, que resvala
No horizonte do louco pensamento;

Quero admirá-la, então, tranquilamente,
Em feliz apatia, de olhos fitos,
Como admiro o matiz dos passaritos,
Temendo que o ruído os afugente;

Para assim conservar-lhe a graça imensa,
E ver outros mordidos por desejos
De sorver sua carne, em grandes beijos,
Da luxúria febril na chama intensa...

Mas não posso contar: nada há que exceda
A nuvem de desejos que me esmaga,
Quando a vejo, da tarde à sombra vaga,
Passeando sozinha na alameda...

21

Interrogação

Não sei se isto é amor. Procuro o teu olhar,
Se alguma dor me fere, em busca de um abrigo;
E apesar disso, crê! nunca pensei num lar
Onde fosses feliz, e eu feliz contigo.

Por ti nunca chorei nenhum ideal desfeito.
E nunca te escrevi nenhuns versos românticos.
Nem depois de acordar te procurei no leito
Como a esposa sensual do *Cântico dos cânticos*.

Se é amar-te não sei. Não sei se te idealizo
A tua cor sadia, o teu sorriso terno...
Mas sinto-me sorrir de ver esse sorriso
Que me penetra bem, como este sol de inverno.

Passo contigo a tarde e sempre sem receio
Da luz crepuscular, que enerva, que provoca.

Eu não demoro a olhar na curva do teu seio
Nem me lembrei jamais de te beijar na boca.

Eu não sei se é amor. Será talvez começo...
Eu não sei que mudança a minha alma pressente...
Amor não sei se o é, mas sei que te estremeço,
Que adoecia talvez de te saber doente.

22

Crepuscular

Há no ambiente um murmúrio de queixume,
De desejos de amor, d'ais comprimidos...
Uma ternura esparsa de balidos,
Sente-se esmorecer como um perfume.

As madressilvas murcham nos silvados
E o aroma que exalam pelo espaço,
Tem delíquios de gozo e de cansaço,
Nervosos, femininos, delicados,

Sentem-se espasmos, agonias d'ave,
Inapreensíveis, mínimas, serenas...
– Tenho entre as mãos as tuas mãos pequenas,
O meu olhar no teu olhar suave.

As tuas mãos tão brancas d'anemia...
Os teus olhos tão meigos de tristeza...
– É este enlanguescer da natureza,
Este vago sofrer do fim do dia.

23

Castelo de óbidos

Quando se erguerão as seteiras,
Outra vez, do castelo em ruína,
E haverá gritos e bandeiras
Na fria aragem matutina?

Se ouvirá tocar a rebate
Sobre a planície abandonada?
E sairemos ao combate
De cota e elmo e a longa espada?

Quando iremos, tristes e sérios,
Nas prolixas e vãs contendas,
Soltando juras, impropérios,
Pelas divisas e legendas?

E voltaremos, os antigos
E puríssimos lidadores,
(Quantos trabalhos e perigos!)
Quase mortos e vencedores?
....
....
....

E quando, ó Doce Infanta Real,
Nos sorrirás do belveder?
– Magra figura de vitral,
Por quem nós fomos combater...

24

Roteiro da vida

I

Enfim, levantou ferro.
Com os lenços adeus, vai partir o navio.
Longe das pedras más do meu desterro,
Ondas do azul oceano, submergi-o.

Que eu, desde a partida,
Não sei onde vou.
Roteiro da vida,
Quem é que o traçou?

Nalguma rocha ignota
Se vai despedaçar, com violento fragor...
Mareante, deixa as cartas da derrota.
Maquinista, dá mais força no vapor.

Nem sei de onde venho,
Que azar me fadou!?...
Das mágoas que tenho,
Os ais por que os dou...

Ou siga, maldito,
Com a bandeira amarela...
....
Pomares, chalés, mercados, cidades...

A olhar da amurada,
Que triste que estou!
Miragens do nada,
Dizei-me quem sou...

II

Nesgas agudas do areal
E gaivotas que voais em redor do navio,
Tornais o meu cérebro mole,
– Esmeralda viva do Canal
E desertos inundados de sol! –
Meu pobre cérebro inconsequente e doentio!

No qual uma rede se desenha,
Complicada, de sofrimentos irregulares...
– Águas que filtrais na areia!
Antes que o crepúsculo venha,
O crepúsculo e as larvas tumulares,
A impureza inútil dissolvei-a.

Que o sol, sem mancha, o cristal sereno
Volatilize, ao seu doce calor,
A fria e exangue liquescência...
Um hálito! Não embaciará de veneno,
Indecisa, incolor,
Da areia o brilho e a viva transparência.

Recortes vivos das areias,
Tomai meu corpo e abride-lhe as veias...
O meu sangue entornai-o,
Difundi-o, sob o rútilo sol,
Na areia branca como em um lençol,
Ao sol triunfante sob o qual desmaio!

III

Cristalizações salinas,
Mirrai na areia o plasma vivaz.
Não se desenvolvam as ptomaínas...
Que adocicado! Que obsessão de cheiro!
Putrescina: – Flor de lilás.
Cadaverina: – Branca flor do espinheiro!

Só o meu crânio, fique,
Rolando, insepulto, no areal,

Ao abandono e ao acaso do simum...
Que o sol e o sal o purifique.

25

Canção da partida

Ao meu coração um peso de ferro
Eu hei de prender na volta do mar.
Ao meu coração um peso de ferro... Lançá-lo ao mar.

Quem vai embarcar, que vai degredado,
As penas do amor não queira levar...
Marujos, erguei o cofre pesado, Lançai-o ao mar.

E hei de mercar um fecho de prata.
O meu coração é o cofre selado.
A sete chaves: tem dentro uma carta...
– A última, de antes do teu noivado.

A sete chaves, – a carta encantada!
E um lenço bordado... Esse hei de o levar,
Que é para o molhar na água salgada
No dia em que enfim deixar de chorar.

26

Rufando apressado,
E bamboleado,
Boné posto ao lado,

Garboso, o tambor
Avança em redor
Do campo de amor...

Com força, soldado!
A passo dobrado!
Bem bamboleado!

Amores te bafejem.
Que as moças te beijem.
Que os moços te invejem.

Mas ai, ó soldado!
Ó triste alienado!
Por mais exaltado

Que o toque reclame,
Ninguém que te chame...
Ninguém que te ame...

27

Se andava no jardim
Que cheiro de jasmim!
Tão branca do luar!
....
....
....

Eis tenho-a junto a mim.
Vencida, é minha, enfim,
Após tanto a sonhar...

Porque entristeço assim?...
Não era ela, mas sim.
(O que eu quis abraçar),

A hora do jardim...
O aroma de jasmim...
A onda do luar...

28

Depois das bodas de oiro,
Da hora prometida,
Não sei que mal agoiro
Me anoiteceu a vida...

Temo de regressar...
E mata-me a saudade...
– Mas de me recordar
Não sei que dor me invade.

Nem quero prosseguir,
Trilhar novos caminhos,
Meus pobres pés dorir,
Já roxos dos espinhos.

Nem ficar... e morrer...
Perder-te, imagem vaga...
Cessar... não mais te ver...
Como uma luz se apaga...

29

O meu coração desce,
Um balão apagado...
– Melhor fora que ardesse,
Nas trevas, incendiado.

Na bruma fastidienta.
Como um caixão à cova...
– Porque antes não rebenta
De dor violenta e nova?!

Que apego ainda o sustém?
Átomo miserando...
– Se o esmagasse o trem
Dum comboio arquejando!...

O inane, vil despojo
Da alma egoísta e fraca!
Trouxesse-o o mar de rojo,
Levasse-o a ressaca.

30

Violoncelo

Chorai arcadas
Do violoncelo!
Convulsionadas,
Pontes aladas
De pesadelo...

De que esvoaçam,
Brancos, os arcos...
Por baixo passam,

Se despedaçam,
No rio, os barcos.

Fundas, soluçam
Caudais de choro...
Que ruínas, (ouçam)!
Se se debruçam,
Que sorvedouro!...

Trêmulos astros,
Soidões lacustres...
– Lemes e mastros...
E os alabastros
Dos balaústres!

Urnas quebradas!
Blocos de gelo...
– Chorai arcadas,
Despedaçadas,
Do violoncelo.

31

Ao longe os barcos de flores

Só, incessante, um som de flauta chora,
Viúva, grácil, na escuridão tranquila,
– Perdida voz que de entre as mais se exila,
– Festões de som dissimulando a hora.

Na orgia, ao longe, que em clarões cintila
E os lábios, branca, do carmim desflora...
Só, incessante, um som de flauta chora,
Viúva, grácil, na escuridão tranquila,

E a orquestra? E os beijos? Tudo a noite, fora,
Cauta, detém. Só modulada trila

A flauta flébil... Quem há de remi-la?
Quem sabe a dor que sem razão deplora?

Só, incessante, um som de flauta chora...

32

Viola chinesa

Ao longo da viola amorosa
Vai adormecendo a parlenda,
Sem que, amadornado, eu atenda
A lengalenga fastidiosa.

Sem que o meu coração se prenda,
Enquanto, nasal, minuciosa,
Ao longo da viola morosa,
Vai adormecendo a parlenda.

Mas que cicatriz melindrosa
Há nele, que essa viola ofenda
E faz que as asitas distenda
Numa agitação dolorosa?

Ao longo da viola, morosa...

33

Em um retrato

De sob o cômoro quadrangular
Da terra fresca que me há de inumar,

E depois de já muito ter chovido,
Quando a erva alastrar com o olvido,

Ainda, amigo, o mesmo meu olhar
Há de ir humilde, atravessando o mar,

Envolver-te de preito enternecido,
Como o de um pobre cão agradecido.

34

Voz débil que passas,
Que humílima gemes
Não sei que desgraças...
Dir-se-ia que pedes.
Dir-se-ia que tremes,
Unida às paredes,
Se vens, às escuras,
Confiar-me ao ouvido
Não sei que amarguras...
Suspiras ou falas?
Porque é o gemido,
O sopro que exalas?
Dir-se-ia que rezas.
Murmuras baixinho
Não sei que tristezas...

– Ser teu companheiro? –
Não sei o caminho.
Eu sou estrangeiro.
– Passados amores? –
Animas-te, dizes
Não sei que terrores...
Fraquinha, deliras.
– Projetos felizes? –
Suspiras. Expiras.

35

"Na cadeia"

Na cadeia os bandidos presos!
O seu ar de contemplativos!
Que é das flores de olhos acesos?!
Pobres dos seus olhos cativos.
Passeiam mudos entre as grades,
Parecem peixes num aquário.
– Campo florido das Saudades,
Porque rebentas tumultuário?
Serenos... Serenos... Serenos...
Trouxe-os algemados a escolta.
– Estranha taça de venenos
Meu coração sempre em revolta.
Coração, quietinho... quietinho...
Porque te insurges e blasfemas?
Pschiu... Não batas... Devagarinho...
Olha os soldados, as algemas!

36

Vida

Choveu! E logo da terra humosa
Irrompe o campo das liliáceas.
Foi bem fecunda, a estação pluviosa!
Que vigor no campo das liliáceas!

Calquem. Recalquem, não o afogam.
Deixem. Não calquem. Que tudo invadam.
Não as extinguem. Porque as degradam?
Para que as calcam? Não as afogam.

Olhem o fogo que anda na serra.
É a queimada... Que lumaréu!
Podem calcá-lo, deitar-lhe terra,
Que não apagam o lumaréu.

Deixem! Não calquem! Deixem arder.
Se aqui o pisam, rebenta além.
– E se arde tudo? – Isso que tem?
Deitam-lhe fogo, é para arder...

37

Porque o melhor, enfim,
É não ouvir nem ver...
Passarem sobre mim
E nada me doer!
– Sorrindo interiormente,
Co'as pálpebras cerradas,
Às águas da torrente
Já tão longe passadas. –
Rixas, tumultos, lutas,

Não me fazerem dano...
Alheio às vãs labutas,
Às estações do ano.
Passar o estio, o outono,
A poda, a cava, e a redra,
E eu dormindo um sono
Debaixo duma pedra.
Melhor até se o acaso
O leito me reserva
No prado extenso e raso
Apenas sob a erva
Que Abril copioso ensope...
E, esvelto, a intervalos

Fustigue-me o galope
De bandos de cavalos.
Ou no serrano mato,
A brigas tão propício,
Onde o viver ingrato
Dispõe ao sacrifício
Das vidas, mortes duras
Ruam pelas quebradas,
Com choques de armaduras
E tinidos de espadas...
Ou sob o piso, até,
Infame e vil da rua,
Onde a torva ralé
Irrompe, tumultua,
Se estorce, vocifera,
Selvagem nos conflitos,
Com ímpetos de fera
Nos olhos, saltos, gritos...
Roubos, assassinatos!
Horas jamais tranquilas,
Em brutos pugilatos
Fraturam-se as maxilas...
E eu sob a terra firme,
Compacta, recalcada,
Muito quietinho. A rir-me
De não me doer nada.

38

"Água morrente"

Il pleure dans mon coeur
Comme il pleut sur la ville.

Verlaine

Meus olhos apagados,
Vede a água cair.
Das beiras dos telhados,
Cair, sempre cair.

Das beiras dos telhados,
Cair, quase morrer...
Meus olhos apagados,
E cansados de ver.

Meus olhos, afogai-vos
Na vã tristeza ambiente.
Caí e derramai-vos
Como a água morrente.

39

Branco e vermelho

A dor, forte e imprevista,
Ferindo-me, imprevista,
De branca e de imprevista
Foi um deslumbramento,

Que me endoidou a vista,
Fez-me perder a vista,
Fez-me fugir a vista,
Num doce esvaimento.

Como um deserto imenso,
Branco deserto imenso,
Resplandecente e imenso,
Fez-se em redor de mim.
Todo o meu ser, suspenso,
Não sinto já, não penso,
Pairo na luz, suspenso...
Que delícia sem fim!

Na inundação da luz
Banhando os céus a flux,
No êxtase da luz,
Vejo passar, desfila
(Seus pobres corpos nus
Que a distancia reduz,
Amesquinha e reduz
No fundo da pupila)

Na areia imensa e plana
Ao longe a caravana
Sem fim, a caravana
Na linha do horizonte
Da enorme dor humana,
Da insigne dor humana...
A inútil dor humana!
Marcha, curvada a fronte.

Até o chão, curvados,
Exaustos e curvados,
Vão um a um, curvados,
Escravos condenados,
No poente recortados,
Em negro recortados,
Magros, mesquinhos, vis.

A cada golpe tremem
Os que de medo tremem,

E as pálpebras me tremem
Quando o açoite vibra.
Estala! e apenas gemem,
Palidamente gemem,
A cada golpe gemem,
Que os desequilibra.

Sob o açoite caem,
A cada golpe caem,
Erguem-se logo. Caem,
Soergue-os o terror...
Até que enfim desmaiem,
Por uma vez desmaiem!
Ei-los que enfim se esvaem,
Vencida, enfim, a dor...

E ali fiquem serenos,
De costas e serenos.
Beije-os a luz, serenos,
Nas amplas frontes calmas.
Ó céus claros e amenos,
Doces jardins amenos,
Onde se sofre menos,
Onde dormem as almas!

A dor, deserto imenso,
Branco deserto imenso,
Resplandecente e imenso,
Foi um deslumbramento.
Todo o meu ser suspenso,
Não sinto já, não penso,
Pairo na luz, suspenso
Num doce esvaimento.

Ó morte, vem depressa,
Acorda, vem depressa,
Acode-me depressa,
Vem-me enxugar o suor,
Que o estertor começa.
É cumprir a promessa.
Já o sonho começa...
Tudo vermelho em flor...

40

Poema final

Ó cores virtuais que jazeis subterrâneas,
– Fulgurações azuis, vermelhos de hemoptise,
Represados clarões, cromáticas vesânias,
No limbo onde esperai s a luz que vos batize,

As pálpebras cerrai, ansiosas não veleis.

Abortos que pendeis as frontes cor de cidra,
Tão graves de cismar, nos bocais dos museus,
E escutando o correr da água na clepsidra,
Vagamente sorris, resignados e ateus,

Cessai de cogitar, o abismo não sondeis.

Gemebundo arrulhar dos sonhos não sonhados,
Que toda a noite errais, doces almas penando,
E as asas lacerais na aresta dos telhados,
E no vento expirais em um queixume brando,

Adormecei. Não suspireis. Não respireis.